U0484230

文学之都
未来诗空

# 橘树的荣耀

朱庆和 著

江苏凤凰文艺出版社

图书在版编目（CIP）数据

橘树的荣耀 / 朱庆和著 . -- 南京 : 江苏凤凰文艺出版社 , 2023.1
（文学之都·未来诗空）
ISBN 978-7-5594-7206-9

Ⅰ. ①橘… Ⅱ. ①朱… Ⅲ. ①诗集－中国－当代
Ⅳ. ① I227

中国版本图书馆 CIP 数据核字 (2022) 第 183883 号

# 橘树的荣耀

朱庆和　著

| 出　版　人 | 张在健 |
| --- | --- |
| 选题策划 | 于奎潮　陈　武 |
| 责任编辑 | 王娱瑶 |
| 特约编辑 | 朱　莹 |
| 责任印制 | 刘　巍 |
| 出版发行 | 江苏凤凰文艺出版社 |
|  | 南京市中央路 165 号 , 邮编 : 210009 |
| 出版社网址 | http://www.jswenyi.com |
| 印　　　刷 | 三河市华东印刷有限公司 |
| 开　　　本 | 880 毫米 × 1230 毫米　1/32 |
| 印　　　张 | 8 |
| 字　　　数 | 148 千字 |
| 版　　　次 | 2023 年 1 月第 1 版 |
| 印　　　次 | 2023 年 1 月第 1 次印刷 |
| 标准书号 | ISBN 978-7-5594-7206-9 |
| 定　　　价 | 56.00 元 |

江苏凤凰文艺版图书凡印刷、装订错误，可向出版社调换，联系电话 025 - 83280257

# 自　序

二十三年前的一个晚上，我趴在单身宿舍的木板床上，拿起笔来，开始学习写诗，身边是刚看完的《他们十年诗选》，小海编选的，黑色的封面，闪着幽光。

那些过往的人和事，或一个场景，或一缕光线，留在我记忆里了，但没有死去。随着时间的流逝，那些散乱的物或事在我的内心逐渐黯淡、沉寂下来，化为"温柔的部分"，却又在某个特定时刻悄然降临，照亮了我，抚摸着我。诗意笼罩了我。

每当我独自面对自己，或向内观望时，只会想到"我是谁，从哪里来，到哪里去"这样的终极命题，冲撞着内心而不得其解、不能自拔。此时没有诗意，只有绝望。所以，我的诗不解剖内心，不打捞灵魂。我不相信有什么灵魂，假设有，那个既不伟大也不卑微的东西，也只在纷繁的世事中与自己遭遇。

我一直并且喜欢用口语写诗，但都字斟句酌，就像睡觉时喜欢最舒服的睡姿一样。我是一个散漫而松怠的人，写诗于我，就好比一个农民来到自己已被荒草埋没的田地里，自嘲道，还是拔下草吧，不然庄稼要被吞噬啦。这种自发的灵光一闪的草创状态是我喜欢的，我一向不适应那些有组织、有体系的书写方式，我对那样的野心也不感兴趣。我是局限的，狭窄的，逼仄的，正如我唯一的道路通向死亡。

在我看来，诗没有优劣之分，它是人的心境的映射，你写出来或是读到了那分行的文字，觉得与你的心境契合，这就足够了。因为诗是抒发情感的，虽没有优劣，但存在差异，有真诚与虚伪之别。

在这里，要感谢韩东、马铃薯兄弟两位师友的厚爱，使得我那些散落的诗作得以成册。这是我出版的第一本个人诗集，精选了自习诗以来的160余首诗，共分五辑，每个小辑以其中一首诗的题目冠名。

诗里面有我对人世的一些看法。"人间的收成一半属于勤劳／一半属于爱情"，是愿景。"仅仅让道路带走／仅仅是两手空空"，是现实。"在我的家乡，／那么多的钻石，／基本上没什么用处。"在某个层面上，算是我对诗歌的一种理解吧。

这些诗陪我度过了漫长却又短暂的青年时光，感谢并珍惜这份馈赠。

2021年10月2日

# 目录 contents

## 辑一　可爱的老头，喝白酒啃盐巴

| 002 | 清晨之歌 |
| 004 | 一块麦地，一片鱼塘 |
| 006 | 苜　蓿 |
| 008 | 一个更早的早晨 |
| 009 | 神　仙 |
| 010 | 水草——致顾前 |
| 012 | 乡　村 |
| 014 | 这一刻我看见…… |
| 016 | 麻雀说 |
| 017 | 我们曾经如此贫穷 |
| 018 | 理发师 |

| | |
|---|---|
| 019 | 我们的新郎,那么害羞 |
| 020 | 父亲扛着梯子从集市上穿过 |
| 022 | 以褫夺的方式 |
| 023 | 老妇人 |
| 024 | 离　乡 |
| 025 | 臭椿树下的女人 |
| 027 | 可爱的老头,喝白酒啃盐巴 |
| 029 | 十九岁 |
| 031 | 母亲与芦苇的对话 |
| 033 | 黑暗中的声响——写给母亲 |
| 035 | 我的家乡盛产钻石 |
| 036 | 甘薯地 |
| 038 | 通往坟地的路 |
| 039 | 喝农药的女人 |
| 041 | 运粪的人 |
| 043 | 旧时光 |

## 辑二　隐匿之歌

| | |
|---|---|
| 050 | 杨仲然的早晨 |
| 051 | 几何老师 |
| 053 | 生动而乏味 |
| 054 | 剩余的夜晚——致韩东 |
| 056 | 我、老张,还有那个摘梨的孩子 |

| | |
|---|---|
| 057 | 硕士生和他的江西妻子 |
| 059 | 舅舅的房子 |
| 061 | 小酒徒 |
| 062 | 致朱霖 |
| 065 | 街　景 |
| 067 | 从豆菜桥上经过 |
| 069 | 消防队员 |
| 071 | 孔子时代的河流 |
| 073 | 小镇上的外乡人 |
| 075 | 郊区的酒馆 |
| 077 | 一群或者另外一群 |
| 078 | "这真是一件可怕的事情" |
| 080 | 草　坪 |
| 081 | 白日是波浪，夜晚是岩石 |
| 083 | 成　都 |
| 084 | 高楼上 |
| 085 | 关于常识 |
| 086 | 友谊桥 |
| 087 | 到西部去 |
| 088 | 湮　没 |
| 089 | 新　年 |
| 090 | 斑马线——致李樯 |
| 091 | 小美和阿奎 |
| 092 | 喝吧，酒鬼 |

093 我的女儿
094 湖边的虫子
095 卖葡萄的男人,掏耳朵的女人
097 草　木
098 街角的水果商店
099 卖早点的老霍一家
100 睡着了觉的人是幸福的
101 当一切坚硬的东西深陷在黄昏的微光里
103 一场乌有的对话
106 行色匆匆
109 记一次死亡
111 从家乡来的人
112 有一丛冬青
113 隐匿之歌

## 辑三　入夜

118 下雪那天,我们干了些什么
120 春　光
121 不事劳作的农民,间或一个游荡者
123 入　夜
124 田　园
125 父　亲
126 谁家没有几门穷亲戚

| | |
|---|---|
| 128 | 啄，母鸡在啄，一直在狠命地啄 |
| 131 | 晨　景 |
| 132 | 溪流与平原 |
| 134 | 新媳妇 |
| 135 | 雨后的事情 |
| 136 | 小光的夏天 |
| 137 | 清　明 |
| 139 | 夜读的水鸟 |
| 140 | 山石谣 |
| 141 | 你的美是钻石 |
| 142 | 暑　气 |
| 143 | 老光棍和美人鱼 |
| 144 | 小县城 |
| 145 | 水果姑娘 |
| 146 | 你不曾把我的沉睡唤醒 |
| 147 | 养蜂人卢振华 |
| 148 | 一定是那顶旧草帽泄露了他的家底 |
| 149 | 在春天 |
| 151 | 想起早年写的一个短篇小说 |
| 152 | 在回乡的客车上 |
| 154 | 这一天，我把手头的活都停下来 |
| 155 | 老姐妹 |
| 158 | 我喜欢夜晚到田间去 |
| 159 | 我的南方兄弟 |

## 辑四　忧伤不值半文钱

| | |
|---|---|
| 166 | 肉　铺 |
| 168 | 凌晨四点的树 |
| 169 | 南国的眼泪 |
| 170 | 黑夜之歌 |
| 173 | 力量的源泉 |
| 174 | 深　爱 |
| 175 | 栖霞寺 |
| 177 | 梦　见 |
| 178 | 惜惜的歌声 |
| 180 | 耻　辱 |
| 181 | 客人来了 |
| 182 | 忧伤不值半文钱 |
| 183 | 外星人 |
| 184 | 再见，我的小板凳 |
| 185 | 泥瓦匠的孩子 |
| 186 | 告　别 |
| 188 | 心　声 |
| 189 | 错　误 |
| 190 | 屋檐上的水珠 |
| 191 | 请为我吹奏一曲 |
| 192 | 前　世 |
| 193 | 护城河 |

| | |
|---|---|
| 195 | 海岛上 |
| 197 | 白化病患者 |
| 199 | 家 |
| 200 | 妈 妈 |
| 201 | 吉普赛女人 |
| 202 | 菩 萨 |
| 203 | 忆及九年前暮春的一个傍晚 |

## 辑五　下山

| | |
|---|---|
| 206 | 镜 子 |
| 207 | 夜晚是斑马身上的黑色条纹 |
| 208 | 周末爬山 |
| 209 | 你为什么来到桥上 |
| 210 | 去深夜 |
| 211 | 滚吧，灰尘 |
| 212 | 暮 年 |
| 213 | 腌菜的秘密 |
| 215 | 理发的表姐写诗挣钱了 |
| 217 | 一副完整的人体骨架 |
| 218 | 乌青和六回 |
| 219 | 归 宿 |
| 220 | 橘树的荣耀 |
| 222 | 朝我微暗的内心奔涌而来 |

| | |
|---|---|
| 223 | 信 使 |
| 224 | 慢 |
| 226 | 耕 种 |
| 227 | 在朋友们中间 |
| 228 | 家 乡 |
| 229 | 孤 独 |
| 230 | 石 头 |
| 231 | 我头顶着床垫从大街上走过 |
| 233 | 空洞的夜晚 |
| 234 | 你陶醉的样子 |
| 235 | 快 |
| 236 | 月 食 |
| 237 | 在桥头 |
| 238 | 第五尾金鱼 |
| 239 | 蟑 螂 |
| 240 | 铁路道口 |
| 241 | 桂花树 |
| 242 | 下 山 |

辑 一

## 可爱的老头，喝白酒啃盐巴

## 清晨之歌

父亲刚从花生地里回来
给山羊挤奶的母亲
转过身,看见了

父亲湿漉漉的裤脚
瞧,怀里的青草是山羊
最好的早餐

上完早读课的孩子们
围在饭桌旁
等待着母亲的新花样

谁都听得见
父母谈话的声音
他们在担心花生的收成

"如果地里蚜虫多,

那就糟了。"
父亲站在院子中间,对母亲说

新鲜的羊奶要给
最小的孩子喝
其他人的早餐却没有山羊幸运

父亲该去工厂上班了
母亲要接着把草拔完
孩子们则穿过整片花生地

去学校,他们沿着田埂走
成一条直线
阳光照在他们干瘦的脸上

## 一块麦地，一片鱼塘

我拥有一块麦地，一片鱼塘
我是那样地忠实于劳动
但生长的季节
总有我不了解的秘密
麦子和鱼群
它们的成长让我心有余悸
一场暴风雨似乎在期待中而来
代替我割倒成熟的麦子
田鼠们逃到了高地上叹息
拿什么来维持生计
随之而来的洪水捕获了快乐的鱼群
偷鱼贼们也站在岸边伤心
拿什么来维持生计
我的新娘呢
就连我的新娘也被从田间劫掠而去
大地已清扫得干干净净
只有富饶的阳光在安慰我

飘浮的云块就是我被卷走的麦地
夜晚的星星就是我散落的鱼群
它们，连同我的新娘
已成为天上的子民

## 苜 蓿

没有比苜蓿更好的食物了
可我却不舍得割下它们
那些鱼吃得更多的是青草
所以我经常带着镰刀去麦地里
我的身体在热气中一起一伏

村里的人们却总是怀疑
我偷了他们的麦子
他们觉得我是一个自私且狭隘的人
我还知道他们背后叫我老光棍
大概他们忘记了我也曾有过老婆

其实我对世事已淡漠许多
不在乎他们说什么了
就像孩童必然天真
老人必然慈祥

面对一天天翠绿的苜蓿
我只想选择一个晴好的天气
把它们撒在水面上
让水里的孩子们来分食

想必那定是一顿丰盛的美餐

## 一个更早的早晨

父母总是比孩子们早醒来
他们不说话
都在忙着自己的事情
他们发出的声响
尖锐地敲击着这个早晨
空气是新鲜的
阳光变成了金黄色
早晨的轮廓异常清晰
但无从辨别这是
无数早晨中的哪一个
似乎每个早晨都来得更早些
去告诉床上贪睡的小猫小狗吗
睡懒觉可不是好习惯
金色的阳光也不会饶恕你的
去告诉他们
贫穷决不是平庸的借口
去告诉他们吗

# 神 仙

总在傍晚或更晚一些
回到家,孩子们
已坐在饭桌前
妻子的手艺仍那样粗糙
再不济,菜里总要有点油星
饭后他在院子里
点燃了麦糠
在熏走蚊虫的同时
孩子们也被熏跑
只留他一人坐在下风口
抽着烟
像一个忧心忡忡的神仙

## 水草——致顾前

河面上，水草翠绿又茂盛

父亲把双手聚拢到一起
他要教会孩子怎么去摸鱼
长在河边，除了游泳
这当然也是必备的一项本领

鲫鱼最爱躲在水草下面
那是它们温凉的家
一大块阴影已悄然逼近了
谁知道那是一种危险呢

最终还是发觉了敌人
鲫鱼突然跳出水面然后逃走
父亲说没关系，天色还早
我们可以顺着水流一直摸下去

鲫鱼率领子女们寻找更安全
的地方,而那些四条腿的家伙
总有歇下来的时候
但现在能游多远就游多远吧

河面上,水草翠绿又茂盛

# 乡 村

雨后的村庄显得更轻也更温良
通向田间的小径同时通向了天堂
一家人从屋檐底下走出来
孩子们就像父亲手中的稻穗
稻粒上的雨水不时滴到了他身上
地上的蚂蚁比雨前更为忙碌
父亲对孩子们说了些什么
它们不去关心，这不是它们的事情
黑骑士们只是一边奔走
一边唱着古老的谣曲
"人间的收成一半属于勤劳，
一半属于爱情。"
村里漂亮的蝴蝶已经穿着裙子
在田间飞来又飞去
河里的鱼群也都跳上了岸边
它们更喜欢岸上的生活
可父亲还在那里固执地说下去

"我什么也不能留给你们,
也无法留给你们。"
不走运的父亲就这样一直鞭打着
用话语一直鞭打着他的孩子
人们看见古怪的一家人朝稻田里走
通向田间的小径同时通向了天堂
雨后的村庄显得更轻也更温良

**这一刻我看见……**

傍晚总在不远处徘徊
孩子们还在田埂上奔跑
狡捷的小动物已经出动了
谁也不介意,大家都是朋友

当背景变得模糊起来
劳作的人们渐渐被黑暗收容
几块更浓的黑暗在田间移动
熟悉的夜晚就是自家的门口
但你们的喜悦仅留在门槛以外

希望和荣辱
仍然是家族中最古老的成员
如果你们忠实于善良
你们就仅仅属于你们的善良

死去的亲人并没有远走

而是和夜晚待在一起
就像落在地面上的果实
悄然返回到枝头
相爱的人们,你们可曾看见

## 麻雀说

我在棉花地里捉虫子
农药已经不管用啦
可恶的虫子害得我不得不
站在闷热的天气里,不仅这样
我还要赶走贪嘴的麻雀
它们总喜欢偷吃美味的棉桃
我来教训这些懒惰的家伙
"养成不劳而获的习惯可不好。"
它们却站在枝条上叽喳不停
"就像麦子只是你们眼角上
擦不完的泪水,
那盛开的棉花也不过是
你们一团可悲的幻想。"

## 我们曾经如此贫穷

父母在水田里插秧
孩子捉了蚂蟥放在腿上
故意让它吸血
他的身体干瘪如稻壳

看到有汽车驶来
就兴奋地一路追赶,尾随着
鼻子贪婪地吸食
他觉得汽车尾气太好闻了

即使再多的告诫
也不听,那时真的是很穷啊
就连有毒的东西
都那么稀有

## 理发师

比学校的园丁老蔡
剪枝还要细心
父亲的手艺可真是没说的
一会儿的工夫
兄弟们便有了崭新的头颅
当然是父亲愿意看到的模样
最后他来推平自己
在精致的光头上
再也找不到一根白发
而那个冬日
孩子们的双脚正踩着
坚硬而冰冷的地面

## 我们的新郎，那么害羞

新房里除了一张床
什么都没有
可最起码得需要一床被子
大红颜色的被面
而棉絮又从天上采来
母亲一边引线一边说，从前
有个新媳妇套被子
不小心把自己缝到了里面
大家都在想象
愚蠢的小媳妇被困在被子里
滑稽的样子
我们的大哥却羞红着脸
就那么一直站着

## 父亲扛着梯子从集市上穿过

扛着梯子的父亲

要穿过集市

中山装敞开着

小腿肚子上的毛沾着泥巴

熟人见了打声招呼

并热情地把烟夹到他耳朵上

准备出粪用的铁锨

挂在梯子的后面

刚买的地瓜苗挂在前面

今天要下到地里

肩膀上的梯子是要苫屋用的

夏天母亲将不会再抱怨

人越来越多

父亲扛着梯子艰难地行进

引起了人们的不满

有人提议父亲把梯子竖起来

顺便爬上去

看看天上的风景
而有人则叫他把梯子举过头顶
让火车在上面飞跑
他们嘲笑着父亲
小偷却趁机偷走了铁锹头
接着又顺跑了地瓜苗
甚至还替父亲把梯子扛着
顺手取下他耳朵上的烟自己点上了
一动不动的父亲
扛着一架虚无的梯子
像电影胶片一样
定格在拥挤的人流中

## 以褫夺的方式

父亲惩罚贪玩了一天的孩子
一晚都不许睡觉

可是监督的老父亲
先枕着劳累进入睡梦

一觉醒来,麻雀这位穷亲戚
已守候在门前的枝头

幼小的孩子,熟脸的亲戚
怎么跟你们说呢

贫穷和无知这两件衣衫
哪一件该穿在外面

仅仅让道路带走
仅仅是两手空空

## 老妇人

家里所有的男人都沾染了酗酒的恶习
他们挤靠在一起,就像空洞的酒瓶
听听那古怪的老妇人都说些什么
"谁先醉死,谁就是最早见到祖先的人!"

作为妻子和母亲,不知你
假借了谁的手来接受这尘世的悲戚
那荒唐的景色在你干枯的眼中
竟那样美不胜收

## 离 乡

醉酒的父亲睡在猪圈里,
已经人事不省。
大哥差点被人砍掉了脑袋,
正流落在街上。
姐姐得了白癜风,躲在屋里,
一直不敢出门。
而我已准备好行装,
正要离开这个家。
我们谁也帮不上谁的忙。
母亲从地下来到路边劝说,
"冬天太冷,你会冻死在路上。"
我看见白杨树,枝条发黑,
风从中穿过,
"念你年少无知,念你轻薄狂妄。"

## 臭椿树下的女人

女人歇息在臭椿树下
篮子里是带给孩子们的惊喜
丈夫崭新的解放鞋
用油纸包着,放在最下面
赶集回家的人们走在路上
有钱的满载而归
没钱的也去图个热闹
他们一路说笑
谁也没注意到臭椿树下
坐着一个女人
树上的"花大姐"
"突"地跳到了她身上
快点捉住它
给最小的孩子回家当媳妇
地下的父母带给她的那块树荫
正慢慢地偏离
她短暂的

欢愉的脸庞
就好比劳累和苦痛
重新占领了她

## 可爱的老头，喝白酒啃盐巴

可爱的老头

又躲到小酒馆里

喝白酒，啃盐巴

子女们全都飞走了

妻子在地下停止了抱怨

任你这倔强的老头喝下去

中药铺已爬满老鼠

不知道它们是否

也练就了一副抓药的好本领

在这饮酒的国度里

你的技艺已经无用

白酒医治了所有人的疾病

阿花呀，你也来几口

叫阿花的狗摇摇尾巴

外面冬日的河流

冒着热气

河边洗衣的妻子双手通红

公路上的白杨树涂满了石灰
可爱的老头认出来
那是他的子女们
瞧,她们一律穿着白裙子
和上升在河面的妻子
一起来迎接他
阿花,去告诉他们
我这就回家

# 十九岁

那年我哥进了工厂
他觉得三班倒
还是一件很新鲜的事情
夹着父亲那辆破金鹿
兴奋地拐进家
吃饭前他总要练几下哑铃
当母亲问起厂里的情况
就说那些姑娘
一个都看不上
然后躲到自己的房间里
死活不出来
一到夏天
他的嘴巴开始叼起一片树叶
发出口哨的声音
谁也不会觉得那有什么
就像小鸟衔着一只虫子

真的是很平常
他一向就喜欢那样

## 母亲与芦苇的对话

母亲和孩子一大早就来了
除了随风摆动的芦苇,河滩上空荡荡的
运沙的吊篮在空中来来往往

"瞧你瘦得像根芦苇,嘴里哈着白气,
挂着鼻涕的孩子盘踞在你身边,
黑黑的,像只苍蝇。"

"不许这么鄙视我的孩子,
我盼着他长大了,
挣的钱跟松河里的沙子一样多。"

"看那些吊篮,运送的不是钱财,
而是苦痛,你要知道,世间的苦痛
比松河里的沙子还要多。"

"你在取笑我吗?

我们肚子里是空的,身上也是空的,
寒风吹得我们没有一点热气。"

"可你还这么有兴致,
跟孩子讲'鞭打芦花'的故事,
穷人穷开心,拿你们真是没办法。"

"不要再说了,我要把你割倒,
揪掉你的花,拔除你的根,
回家给孩子填肚子、烤火、做棉袄。"

## 黑暗中的声响——写给母亲

你始终这样回答孩子们的提问
你们都是从石头缝里蹦出来的
不再相信的孩子已经入睡
相信的孩子也将要入睡

在讲完那个故事之后①
最小的孩子也睡着了
你坐在夜晚中间一声不响
等待着醉酒的丈夫回家

你的眼神是不朽的月亮
照耀身后四个孩子的梦乡
夜晚不曾阻碍你
你愿意这样坐上一辈子

---

① 母亲讲的故事:有个女儿出嫁后,经常到娘家拿东西。有一天她又回娘家,看到屋里除了墙角放着一团麻线,已经没有什么东西可拿了。她抓起来要走,就听见墙角传出声音:"这是你娘的头发呀!"

但不知哪个孩子会突然醒来
不经意地就要掳走那团麻线

## 我的家乡盛产钻石

有人看见我姐姐,
拿钻石玩石子游戏。
姐姐告诉他们,
山上多的是。
在山上,他们
果真看到了
闪闪发光的钻石。
他们弯腰捡走,可一到家,
却发现那不过是些普通的石块。
所以说,在我的家乡,
那么多的钻石,
基本上没什么用处。

## 甘薯地

甘薯叶铺满了地面
匍匐的茎像血管一样细长,透明
我不学农妇们的样子
掐断一些回家喂猪
我只是顺着垄沟把它们
翻上去,不断地翻上去
被翻到垄上的茎露出细小的根
精明的田鼠传授给我经验
这些根一点也不忠实可靠
它们会吸收并且会毁掉这块土地
我理解田鼠的心情
所以等着在收获的时候
允许它们啃吃那些白皮的甘薯
啃吃属于它们的那部分
它们吃完,然后坐在田头
露出洁白的牙齿微笑
但是现在我看不到地下的白皮薯

在生长，我所能做的事情就是
不断地把茎叶翻到垄上去
就像梳理我恋人的头发那样
我在把整个绿色翻转

## 通往坟地的路

漆黑的夜色

引领着你

路上的荒草

被你劈开

又是那酗酒的丈夫

和一堆饿疯了的孩子

压垮了你

你的哭声惹得

树上的知了很不耐烦

"坟里是空的,

你爹娘不在里面,

就像今晚的月亮没出来,

照亮它所眷顾的人。"

稻田里的青蛙

也应和着

"没有穷苦的人,

只有穷苦的心。"

## 喝农药的女人

此时正躺在灵床上
头冲着门口
一张蒙脸纸像是谁故意盖上去的
因事发突然,也没准备寿衣
还是生前的一身
惨白的两只大脚露在外面
据说和本家嫂子因为一句话
为了证明自己的清白
但这已经不重要了
丈夫哭得鼻涕几乎要挂到了地上
这个没用的男人
不知如何养活留下来的三个子女
哥姐两个在灵床旁埋着头小声啜泣
最小的孩子还不知道悲伤
一度冷清的家突然热闹起来
他甚至觉得还挺快活
围观的人们太多了

有同情也有哀叹

人声嘈杂，但都很兴奋

你恨不能坐起来对他们说

要不要我再死一遍

给你们看

## 运粪的人

运粪的人推着小推车
走出自家的院子
从邻居的门口经过
妻子正跟这家的女人说着话
手里还忙着针线
她为他生了四个儿子
另外还有两个女儿
只是夭折了
埋在村南的棺地里
他从她们的面前走过去
庄重而沉稳
像推着一车子黄金
她也曾想过死
但最艰难的日子已经过去了
现在农忙还没到
孩子们在学校念书
她们继续说着话

手中的活也没停下来
她看着他已走远
筐子里漏出来的细小的粪粒
被蚂蚁悄悄搬走
此时槐花开得正旺
路面跟阳光一样平坦
就像这一车子的粪要归于农田
这一小段温暖的时光
是对她贫瘠岁月的一份馈赠

## 旧时光

一

为什么父亲
还是那个喝醉了酒的男人
他要醉过多少次
才能将他的孩子认清
谁能告诉他
他的四个孩子的模样
母亲点亮了煤油灯
那只墨水瓶上
小巧的火焰跳动着
外面的月光更亮些
但毕竟屋里暖和
如果谁也阻止不了
那就让这个满嘴酒气的男人
不停地抱怨和呕吐
可是孩子们

如何才能安睡

二

谁也没看到
父亲和母亲并肩走
即使在草屋里
也只是隔着木桌不说话
他们仅用眼神
交换各自的想法
看这个家怎么支撑下去
多年前他们走到了一起
然后彼此厌恶
就好像他们因为彼此厌恶
才走到了一起

三

四季是母亲善良的姐妹
看她那么忙碌
可你还要缠着她问个明白
太阳和月亮

为什么总不能见面

因为，那是因为

它们相爱

老山羊快生产了

土墙头上伸出了那么多脑袋

母亲，一个老中医的女儿

剪断了脐带

小山羊就在众目睽睽之下

害羞地来回走动

好了，家里又多了一名成员

只是它吃的将是青草

孩子们，给小山羊的礼物

你们准备好了吗

四

从水泥厂回家的石子路上

父亲那辆旧自行车

上下颠簸

不能骑得再快了

可他答应过孩子们

要做个好父亲

因此行人们都看见
中年男人滑稽的身体
在石子路上一跳一跳的

## 五

一年一度的运动会
又开始啦
这是兄弟们在乡村中学
最荣耀的时刻
摆脱自卑
就像父亲学生时代那样
露出营养不良的肌肤
阳光是身上
最灿烂的衣裳
可操场毕竟不是田野或河流
不能自由自在
但是女生啊
春天一样的女生啊
正躲在杉树丛中
为她心爱的人加油

## 六

瞧眼前的孩子
没怎么施肥就长这么高了
好像一眨眼的工夫
可谁也没指望你们要长成
树木或者小麦什么的
只是父亲越来越感觉
自己是一只老山羊
喘着粗气
头发越来越少
问题越来越多
愚蠢的老山羊
又来到田头
坚持与高矮不齐的玉米交谈

## 辑 二

## 隐匿之歌

## 杨仲然的早晨

那个叫杨仲然的女孩一醒来
今天的事情就已经在等着她了
她讨厌刷牙、洗脸和拉手风琴
但并不讨厌这样一个早晨
九岁的杨仲然吃完早点背着书包下了楼
穿着围裙的妈妈只好站在楼梯口

杨仲然出了小区靠着路边走
路上嚣喧的车辆呼啸而过
但无法构成对她的伤害
她喜欢和赶早班车的人们
走上那么一段不长的共有的路程
不出预料,今天应该是个好天气

## 几何老师

精瘦的几何老师
站在讲台上
学生们都看着他
和他身后的黑板

是谁限制了你
又是谁驱逐了你

他的尖尖的喉结
像他性格一样突出
他的灼人的目光
来自他的青年时代

是谁限制了你
又是谁驱逐了你

他情愿把这堂课

看作一节思想品德课
"晚上千条路,
白天卖豆腐。"

是谁限制了你
又是谁驱逐了你

幼小的喜欢幻想的学生
没听懂他讲什么
他看看眼皮底下的孩子
又看看身后的黑板

是谁限制了你
到底又是谁驱逐了你

## 生动而乏味

说来就都来了，先是小鲁、秋刀
接着是风鹤、志午和仙翅
昌吉布拽着苏美朝小房间里跑
谁也没注意伦木什么时候坐到了桌前
就连他自己也不清楚
啤酒和梦想解决不了他们
满屋子的烟把他们端到了云头上
没有更多的快乐
没有更少的痛苦
谁困了谁就先睡吧
不断地变换着疼痛的姿势
实在没地方，可以在天花板上躺着
多么整洁、宽敞，还有那灯光
干瘪得就像是花

## 剩余的夜晚——致韩东

总有一些事情你得追究下去
朋友们鱼一样地游走了,为什么
唯独你留了下来——
一块坚硬的石头,任凭水流冲刷着
当然要追究下去。一头牛
只有保持良好的胃口,才可
称得上一头牛
难道他们的胃口不够好吗
一天一块草地肯定是没问题
可问题出在哪儿?再追究下去
先前他们只是一群乌鸦
浑身涂满了白色,就以为
成了鸽子,飞上云朵
就以为到了天堂。继续追究下去
他们一直被他们的想法感动着,照耀着
就像奴仆感动着主人
灯火照耀着虚无的前方

还要追究下去。其实他们非常可疑
可疑的身影,可疑的目光,无法
进入这个夜晚,无法停驻
在你周围的树林
追究下去,不断地追究下去
如同这越来越深的夜色
固执地坚持一个方向,如同在
这片树林的一小块空地上
孤独的你从天而降

## 我、老张，还有那个摘梨的孩子

我走在明晃晃的路上，
心里觉得无力

"你要是没放弃，
或许事情不会那么糟"

那个孩子在树上尽力伸长胳膊
摘梨，但又不至于摔下来

经过一座桥，我看着
桥下的水在无声无息地流

"你要是努力一些，
事情自然就会好起来"

孩子想，要是自己也变成一只梨
树下的人就再也不会发现他了

## 硕士生和他的江西妻子

硕士生和江西姑娘领到一张证明
一道布墙把二十几平米的房间分成两块
不再年轻的硕士生过起了年轻的婚姻生活
节日前的傍晚硕士生和我在菜场相遇
他左手拎着一条鲫鱼 右手打着手势
他说他最喜欢他的江西妻子做的鲫鱼汤
工作了五个月的硕士生说打算要到南方去
那儿一个月的工资就是这儿一年的积累
但他一再强调 他去那儿不单单为了钱
我们聊着聊着 傍晚也跟到了他的房间
江西妻子还没下班 硕士生已打过电话
漂亮的江西妻子准备今晚做一顿鲫鱼汤
他让我这个校友兼同事谈一点看法
我还能说些什么 不能说这两个地方
哪个更纯粹些 决定了也就决定了
脑门光亮的硕士生坐在傍晚的光线下
等着喜欢穿红色上衣的妻子回来做鲫鱼汤

红色象征爱情 但那条鲫鱼游不过今晚

第二天两条结了婚的长了尾巴的鲫鱼
借着婚假的名义 携带着爱情游向了南方

## 舅舅的房子

你过了桥
我听见桥下的水
好像在流动
因为是夜晚
我就怀疑那水
也是黑色的
我记得你
不止一次地提起
你住在一个亲戚家里
那是你舅舅的房子
离河边不远
但我从没去过
因此你是否住在
舅舅家里
甚至你舅舅的房子
是不是在河边
我也无法弄清楚

过桥前你说
你过一阵要搬到
另外一个地方去住
我看着你走远
觉得以后不会再听到你
上楼梯的声音了
就像再也不会听到此时
桥下黑色的流水的声音一样

## 小酒徒

像真正的酒徒一样
喝得再多也还要喝

有什么话不要跟别人说
只跟自己说,只跟自己说

小小的酒徒啊,慢慢地走
慢慢地唱着什么歌

## 致朱霖

你打开房间所有的门窗
让空气完全保持流通
你的习惯还是那样
这是最起码的，也是最根本的
出差不到两个月
燕子就在阳台顶上筑了巢
但是现在还没有飞回
跟你的女朋友一样
正在外面奔忙
但是我们还是爬了上去
看看刚筑的新巢
我们保持住向上倾斜的动作
"小心啊，这可是二十四层！"
二十四层是一个高度
同时又是一个强度
我们停在空中

一时无所适从

但是此刻

允许我们沉于往事

此刻

分属于我们的身体

同时分属于我们的故乡

我们谈到了小迟他们

当然还有更多的人们

包括我们自己

他们的生活并不因为今天的谈论

而有所改变

重逢的话题注定还那么空洞

我们已经忽略

似乎故意在忽略

那个早已凝成一团的过去

今后有什么打算

我们几乎同时要谈到将来

但这个问题就像那只候鸟

飞走或飞进

不由谁来做主

我们一言不发

身体紧贴着墙壁

白色的墙壁上

留有一幅剪影

## 街 景

鞋匠的摊前堆满了
需要修补的鞋子
两个胖子在街角的木桌上
下着象棋
更多的人围着看
孩子们在停靠路旁的出租车边
跑来跑去
色彩分明
几个家庭主妇提着菜篮
站在街中间
她们在谈论着什么

鞋匠的摊前堆满了
需要修补的鞋子
两个胖子在街角的木桌上
下着象棋
更多的人围着看

孩子们在停靠路旁的出租车边
跑来跑去
色彩分明
几个家庭主妇提着菜篮
站在街中间
她们在谈论着什么

她们分明在谈论着什么

## 从豆菜桥上经过

年轻的小文要教会他们
怎么做沙拉
"一定不可忘了加香肠"
有心的记取了
无心的等着上餐桌
今天,房间里所有的人
所有的花朵,都朝着自己开放
外面下雨的天气
也加入进来

最先端上桌的是友谊
继之而来的是爱情
各有各的颜色
各有各的味道
其中一位一定要赶在
二十五岁前
名山大川看一遍

然后幸福地去死
姑娘们并不喜欢他这样
大家都提醒他
晚上睡觉的时候
床头放本地图就够了

一行人走出小区
柏油路面黑得发亮
他们要顺着原路返回
但不得不让车辆先过
先前这里有一片豆菜地
豆花开的时候
人们习惯到桥上走一走
现在，几个年轻人
要从这座乌有的桥上
经过

## 消防队员

中学时,你
想做一名跳远运动员
但不管如何起跳
总是坐到沙坑里去
在你起身的同时
拖板就把沙坑抹平
看起来,好像从没有人
跳过

现在,你
就躺在忧伤的鞋子里
已经习惯了
陈旧的皮肤
仍然是你空徒的四壁
无意之中,你成了
一名消防队员
同其他人一样

左手把火点燃
右手紧握干粉灭火器

## 孔子时代的河流

在炎热的午后
学生们挥汗如雨
他说服了她
从教室里溜出来
直奔学校东面的河流
肉联厂的废水
污染了下游
他们只好到上游去
那里河水清澈
一下水
他们就成了鱼类
"孔子曾经在这条河里
洗过澡。"
孔子于他们不算陌生
语文课本上提过：

孔子浴乎沂①

河岸上的绿色很深

春天的时候

他们曾在那儿约会

春天的沙地上

曾丢弃他们的避孕套

不知不觉

已长出了鳞片

可她却一直在担心

下午的课程

以及一个月后的前途

"算了吧，

我们本来就从水里来，

现在又回到水里。"

两条鱼已潜入水底

他们尝试在水中做爱

水面上

正泛着气泡

---

① 沂，指沂河，发源于山东，流入江苏。

## 小镇上的外乡人

我买了一份当天的晚报
卖报纸的老头认出我是外乡人
的确,我只是偶然路过这个小镇
夜晚降临,我就在小镇上走一走
这是我的习惯,每到一个地方
我总要熟悉那里的街道
我想起妻子和孩子在家乡
或许已经入睡,或许还在灯前
我想起他们就摇摇头
如果我就在这南方小镇住下来
该有多好,就这样住下来
没有我认识的人
安静地过一辈子,这该有多好
可是一个姑娘身着白色婚纱
突然站到了我面前
她邀请我做她的新郎
"我知道你喜欢这个小镇。"

她一边说一边挽着我的手
来到一条热闹的街上
两旁的人家都张灯结彩
就这样我们步入婚礼的殿堂
"可是我不是。"
"没关系，戴上这朵花你就是新郎。"
就这样我戴着大红绸花
与漂亮的姑娘结拜成亲
我看见妻子和孩子
还有家乡的许多亲人在酒席间
举杯庆祝我的婚礼
好事的客人们让新郎新娘做一些小游戏
我没有太多的兴趣，可新娘很乐意
看她一脸幸福的模样
还不时附在我耳边跟我讲：
"今晚我就为你生个儿子，
明天我们就儿孙满堂。"

## 郊区的酒馆

郊区的酒馆
总是外地人开的
而且总是店面很小
客人坐在窗前
或冲着门口
喝酒是次要的
既然到了这么个地方
想聊什么
就聊什么吧
油腻的姑娘来回走动
有时也倾听
谈话的内容
他们就像是一家人
当客人离开酒馆
疲倦的姑娘
开始收拾桌上的盘子

当她铺上新桌布

客人已消失在街上

## 一群或者另外一群

站牌底下站着一群人

公交车开来的时候

上去几个

又下来几个

走掉几个

又过来了几个

所以他们仍然是一群

始终不会消失

他们不是树上被惊吓的鸟群

一哄而散

看上去他们更像是

多年未见的亲戚

聚到了一起

准备参加什么丧事

## "这真是一件可怕的事情"

我们坐在破旧的房间里
聊着什么
但还能聊些什么呢
时间已经不早了
我起身送你
在破旧的楼前
你问这房子什么时候建的
你好像在打听一个老朋友
房子已经很老了
说不定哪一天就会倒塌
"我们一起拍张照吧,
以后见面恐怕很少。"
我和你,还有老房子
三个朋友一起
在夕阳下合了影
然后你就走了
你再来的时候

已经是一年以后的事情
站在楼前
我们还是聊了些什么
你注意到
房子外面涂了一层涂料
就跟新房子一样
我们还是老样子
但总有一些细微的变化
可我们面对的是一幢新房子
你说："这真是一件可怕的事情。"

## 草 坪

杂草不应原谅

连同它们疯狂的本性

一起拔除

但杂草不区别于

农田或树林

杂草仅仅

区别于一块草坪

分辨草与草

之间的毒害

然后连根拔除

让草坪更像草坪

更适于观赏

## 白日是波浪,夜晚是岩石

年轻时候
我时常坐在河边
想一些心事
那时真可笑,是吗
但是现在
就不可笑吗
我的目光还那样
大而无当
譬如想念一个人
我还是喜欢
翻出往日的照片
瞧来瞧去
身上犹疑的东西
改变了多少呢
而且还越来越失眠
真是难以预料
白日是波浪

夜晚是岩石
我来到岩石内部
点燃一支烟
倾听波浪拍打的声音
一直到天亮

# 成　都

三轮车工人拉着外乡人满街跑
他仿佛是这座城市的主人

街上细如尘沙的人们
他们细如尘沙的快乐

车夫不断晃动车前的铜铃铛
他已暂时忘记了目的地

外乡人任由这只骆驼摇着驼铃
在荒无人烟的沙漠上行走

## 高楼上

他们散乱的谈话
一直持续着
我坐在他们中间
如一枝沉默而衰败的花朵
谁试图找到我
不是那么容易
他们的孩子真是调皮
有时会突然从地板上冒出来
过一会又消失
我偷偷地瞧着
窗台上的阳光在移开
他们一直没有发现
就像太阳照不到楼房后面
留有一大片阴影

## 关于常识

比如那个捡垃圾的人
把成群的苍蝇赶走

比如他在垃圾堆里翻腾
找出认为有用的东西

比如他用力的姿态
近乎于一种贪婪

比如那成群的苍蝇
又重新飞来围攻着他

比如那堆垃圾
在他身下疯狂地蔓延开去

## 友谊桥

过了友谊桥
就是月苑小区

我站到桥头上
看见工人们
正在河底清淤
一个女人抱着孩子
朝我走来
孩子睡着了
那女人
大概是我妻子

我常对朋友们说
一过友谊桥
就到了我住的地方

## 到西部去

那一阵真是疯了
报纸、电视、收音机
连我们的饭桌上
都是关于西部的消息
我们就像春天发情的小动物
开始蠢蠢欲动
到西部去,到西部去
仿佛我们已整好行装
跟随招展的大旗
去美丽的西部安家
娶西部的老婆
生西部的孩子
过西部的生活
对此谁也没有提出疑问
以至于路上相遇
我们都会彼此问候:
走,到西部去

## 湮 没

我想说这儿的人们
无可替代
他们与生俱来的天性
似乎无可替代
每日劳顿
伴着卑微的呼吸
他们无可替代
他们谈起遥远的事情
目光都明亮起来
你不能说善良与美好
已从他们身上消失
因为他们真是无可替代
正是这一点
让他们更加坚定地分开
又聚到了一起

## 新　年

我相信自己不是怯懦的人
可是看哪，我张开的手指——
这小小的栅栏
竟围困了我这么多年

## 斑马线——致李樯

你走在斑马线上
像是浮在海浪上一样
你很快地从街对面走了过来
边走边与我打招呼

街上的人们要赶着回家
都露出了尾巴,张开了翅膀
他们还要用疲惫和叹息
来说服这个夜晚

而我们再次越过斑马线
走到街对面,一前一后
同时不忘提醒对方警惕四周
可到底谁会袭击我们呢

## 小美和阿奎

餐馆老板喊阿奎
把凳子收到屋里去
小美就帮他摞
"小美,再加一个。"
"你能搬得动吗?"
"还要再加一个!"
"这回你搬不动了吧?"
"全加上全加上,
我要一次都搬进去!"
于是小美就看见阿奎
挺着肚子进屋去了
凳子高过了他的头顶
小美站在那儿
笑个不停
她笑得腰都直不起来了

## 喝吧,酒鬼

后来我们坐到了街边
我想起远方的母亲
你说了那么多,我只记得一句
"二十岁的道理,
不能用在三十岁的头上。"
还说我呢,瞧你四十岁的身体
已经松松垮垮,停滞不前
妻子不再管束你
女儿过了这个夏天就十七了
到了恋爱的季节
你抱着酒瓶说,哥们
想追你就去追吧
我想起了远方的母亲
我说,她总担心我
不知哪一天会醉死在街上
你说那样该有多好
该有多好

## 我的女儿

我的女儿
你是那么小
我的意思是说
你小得就像
是我的女儿
你明白我说的话
我是说假如我的女儿
跟你年龄一样大
她会像你一样
天真和可爱
你知道我的意思
我是说我们先把
女儿生下来
我要让你相信
我会是个好爸爸

## 湖边的虫子

没有太冷或者太热
也没有一丝风
阳光因此温暖而均匀
枯草已长出新芽
说不定明天一阵风就全绿了
他坐在草坪上抽烟
身体一动不动
吐出的烟围绕在他身边
坚持不散去
零食和玩具散落在四周
他的刚会学步的孩子
想一直朝前走
妻子只好扶着小家伙离开更远
他抽完最后一口
随后驾着那团等待
已久的烟去了

## 卖葡萄的男人,掏耳朵的女人

卖葡萄的男人挑着担子在街上走着
掏耳朵的女人站在街边喊他过去
连喊了几声,卖葡萄的男人才听见
葡萄是刚摘的,要买就多买些吧

你耳朵不好使,还是先给你掏掏耳朵
卖葡萄的男人就放下了担子
掏耳朵的女人说得真是不错
耳朵是听不清了,看那双手就知道技术不错

你看看,耳屎这么多
回家给你的葡萄当肥料,会长得更大些
突然一个男孩偷走了葡萄,就站在不远的地方
卖葡萄的男人想站起来追

掏耳朵的女人说,别动,千万别动
不然耳膜会破,那样可就真听不见了

卖葡萄的男人只好一动不动
那孩子既然想吃，就让他吃吧

女人说一声好了，你现在想听什么就听什么
男人起身听了听，真是没说的
掏空的耳朵跟眼睛一样，顿时亮堂了许多
男人说，也没卖到什么钱，就送你两串葡萄吧

## 草 木

在街心花园,工人们植着花草,
一个人字形图案终于出来了。
园林车开始浇灌,持着水管的年轻人
故意把水弄到过往的女孩身上。

## 街角的水果商店

这是我的水果商店
在一个街角,虽然偏僻
店面一天到晚敞开着
水果也是一年四季都有
新鲜又可口
你完全可以想象商店后面
就是成片的果园
什么都有,只要一成熟
我的妻子就把它们摘下来
水果的香味散发到街上
很远就闻得到
我对路过的人们说
"吃水果总没有坏处。"
这话不假,他们当然
都乐意买一些回家
无论多晚,不管是谁

## 卖早点的老霍一家

庞大奶子打扮得很光鲜,还戴了墨色眼镜
"穿得跟个港客一样,我看脸上还缺点粉嘛!"
老霍说着,就把沾满了白面的手朝庞大奶子摸去
庞大奶子一边拍打着脸一边追赶着老霍
"当着老婆孩子的面,还这个熊样,看你儿子都多大了!"
老霍的老婆正忙着蒸包子,顺便整了整儿子头上的厨师帽
她不管男人怎么闹,她在跟别人说着儿子当兵的事
老霍的儿子一直冲着庞大奶子笑,他才高中毕业
而老霍八岁的女儿正在家里睡觉,周末不上课,她想睡多久
  就睡多久

## 睡着了觉的人是幸福的

你睡着了觉

没有谁可以打扰你了

所以你是幸福的

即使你做着梦

即使你根本就没有梦

你仍然是幸福的

因为你睡着了觉的时刻

既不属于别人

也不属于你自己

即使你一生注定是不幸的

每当你睡去

你就是幸福的

你最大的幸福就是

你从不去想，睡着了

是否还要醒来

## 当一切坚硬的东西深陷在黄昏的微光里

楼上刘爱民责骂他母亲的声音你听到了吗
这家伙声音可真够大的，大喇叭一样
刘爱民的母亲你知道的，行动不便
每次晚饭前总是大小便失禁
弄得厨房、客厅臭烘烘的
可你说为什么不能集中精力干好自己的事情
窗外建筑工地上的噪音你听到了吗
脚手架上的工人就像皮影一样忙个不停
楼房一起来就会挡住我们的阳光
但我们不能搬动楼房更无法搬动阳光
就让它们从我们头顶掠过去，一直掠过去
可你说为什么不能集中精力干好一件事情
农大草坪上学生踢球的声音你听到了吗
他们奔跑、叫喊，随时要把皮球踢到天上去
还有啊，刘爱民在单位贪污了一点钱
得到了一个处分又降了一级工资
可你说为什么不能集中精力干好眼前的事情

刘爱民一家把楼上的地板弄得咚咚响
他的肥胖的下岗的老婆你看到过的，丑得要死
他的上高中的女儿倒挺文静，跟你很像啊
但她去年没考上大学，刚才你听到她尖锐的叫声了吗
可你说为什么不能集中精力干好我们正在干的事情
还有还有更多更细的声音来自你与我，就在我们耳边
你听到了吗你听到了吗你听到了吗

## 一场乌有的对话

"我没有向谁描述我的内心,
甚至没有勇气。
可是今晚我要向你倾诉,
因为你的秀发拂动我忧郁的脸庞。"

"好吧,但是不要哭,
黑夜已深入你每个毛孔。
所有的忧伤都顺从你,
都滑入你微凉的脖颈。"

"我从不艳羡楼群中的灯火,
其实一直以来,我只愿是一只小小的
萤火虫,照亮周围一块不大的地方,
让它确认我,或让我更长久地迷失。
虽然它用可怜的尾部发光。"

"好吧,你是一只萤火虫,

你生来就是一只可爱的只用尾部
照亮世界的小小的萤火虫,
原先在乡下,现在飞到了城里。"

"说真的,我真想去死,
放下妻子和孩子,还有白天与黑夜。
可我只放心不下,炎热的夏季,
母亲啊,谁来为她摇扇子?"

"好了,去死吧!
但是你要离弃一切:
母亲、童年,还有不幸与屈辱,
你最终的愤怒也将消隐无形。"

"每次我从噩梦中醒来,
总感到有什么东西在撞击我,
真的,一刻也不停。
新的一天来临,我竟像害羞的小女孩
不知如何开始。"

"就这样,让撞击你的东西继续撞击你!
让照临你的每一天不断折磨你。

如果你无法解除身上的绳索——
那些该死的想法,
就让照临你的每一天继续折磨你。"

"你是那么轻柔,
虽然我看不到你的面孔。
我怀疑你只是夜晚
吹向我额头的一阵风。"

"是的,我本来就是一阵风,
而你只是你身后消失的一条条小径。"

## 行色匆匆

多么瘦弱啊,
你仅是泻到地面上的
一束光线。
白昼悄悄地
把你遗失在这里,
看上去,你
就像一个调皮的孩子
所丢弃的玩具。
你已被夜色打黑,
你的眼睛
只剩下了两团黑色,
此刻,你更能懂得
悲哀的限度。
夜色渐渐漫开,
你的皮肤冰凉如水。
你报愧于身,
紧贴夜晚黑色的墙壁。

可是,月光会教你
怎样善于舞蹈,
月光下,你就是自己
绝望的身影。

即使每一天
都被你毫无希望地敲打,
敲打得支离破碎,
它仍然是完整的,
就像你刚刚脱下的
白色外套,
带着熟悉的气息
和落满了尘埃的白色。
记住,纵然有一千个理由,
也不代表什么,
那仅仅是
一千个绝好的借口。
如果月光下你的脸庞
还这般冷峻,
你就会乐于承认,
你仅仅习惯
用沉默来表达。

当你悄然起身，
黎明，就像一枚成熟的果实
桀然绽开。
当你凹陷的双眼里
仅剩下了诚实，
死亡，这位隐秘的天使
将把你重新安置。

# 记一次死亡

（之一）

一个过街的男人
在地上死了
相对于一动不动的他
从塑料袋里挣脱出来的两条鱼
更引人注目
在黑色的街面上
蹦跳不停
看上去在为死者庆祝
生动的表演
引来了越来越多的围观者
死者的两只鞋子
已在人群之外
像是"人"字被拆解
夜色悄然而来
围观者相继散去

回到了各自的坟中

（之二）

一个过街的男人
在地上死了
相对于一动不动的他
从塑料袋里挣脱出来的两条鱼
更引人注目
在黑色的街面上
蹦跳不停
像是庆祝成功的脱逃
可路过的人们看一眼就走了
他们还有更重要的事
谁在乎这惯常的死亡
最后鱼儿也不动了
在为自己默哀
死去的男人站起来
他要赶回家
给女儿做一顿鲜美的鱼汤

## 从家乡来的人

来自家乡的故人啊
我的好邻居
你身上的气息让我着迷
别只顾着喝酒
说说远嫁他乡的
我儿时的情人
说说笼罩在村庄上
铁桶般的晨雾
我的好伙伴
你是从干涸的眼睛里
打井的人
你是从荒凉的坟墓中
走出来的死者

## 有一丛冬青

有一丛冬青已干枯,
老蔡准备刨了。
边上还有几个人,
抽着烟,聊着什么,
似乎谈到了来年。
不知谁随口说了声,
"你看,有树芽冒出来了。"
冬日的阳光,
温暖地照在他们身上。
园丁老蔡说,"那行,
留一年再看看。"
谁心里,
都隐隐地希望,
来年的运势好一些。

## 隐匿之歌

我习惯站到窗前,走到窗前
我的身体就为窗框所固定
看上去像一幅被分割的照片
我听得见楼下孩子们的跑动声
但就是看不到他们的身影
这群小麻雀因为疲倦
最后连声音也消失已尽
水泥地上空荡荡的
只有大片发白的反光
我并不总是在窗前走动
有时也会到阳台上
看远处的紫金山
直到新建的大楼挡住我的视线
有时也到街上
匆忙的人们就像黑色蝙蝠
被白昼大群地驱赶
一个人只是另一个人的暗影

孤独的男人走在街上
禁不住黯然神伤

海边的朋友来信说
他已经结婚了
从恋爱到婚姻这是多么自然的事情
有什么可犹豫的吗
这下可好，两个人的目光
开始彼此张望
并为对方的想法所限制
没有多余的东西出现
也没有意外的心情
只有驴子一样的激情
驴子一样的高大
妻子聪明又可爱
暂时两个人都不想要孩子
但那是迟早的事情
我不能送你什么礼物
或者一些恭贺新禧的话
我只能说，朋友
你终于成为一个有目标的男人
一个有用的男人

海风吹拂着健康的婚姻

你们的故事已经广为流传

我经常被一个枯燥的女人纠缠

她不断将我的热情抛洒

像一场噩梦

我的身体不断地被抽空

我在暑气之中

有如一片树叶在空中飘零

我的命运在暑气之中

有如一片树叶在空中飘零

年老的母亲捎信来,她很担心

南方的大水会不会把她的儿子冲走

灯光下我想起小时候

兄弟们身上的痱子噼啪作响

母亲就用冬天积蓄的雪水

涂在我们的额头上

灯光下,我想起母亲就会说

那时可真好啊

我将自己显露给灯光

灯光显露给黑夜

那么黑夜又将显露给谁

漫长的黑夜在刻画着灯光
灯光在刻画着我
那么我又将刻画什么

原先一屋子的人都走掉了
他们带走了各自的体温和梦想
只剩下妻子和我的眼神
只剩下破旧的家具在享受安静之美
没有浮尘，光线更深地渗入夜晚
郊区的火车在妻子凸起的肚腹上
鸣响着缓缓驶过
我只需要一个能够安睡的理由
孤独的坚贞之壳啊
我绝望地奔赴我的夜晚
我将以我的热情和热情的残余
耗尽我的目光
走吧，都走吧
把你们种的东西统统收走
只留下那片干枯的土地
让夜色像河流一样
继续在上面流淌

## 辑三
## 入夜

## 下雪那天，我们干了些什么

我们先是在雪地上奔跑

为了追赶一只野兔

到了湖边

野兔却突然不见了

黑色的湖面

白色的雪地

身后是我们凌乱的脚印

也许野兔逃到了湖里

也许它成了一条鱼

后来我们在一间茅屋里烤火

大家围成一圈

聊了很多的事情

火苗映红了我们的脸

不知是谁说了声

"自卑不是天生的……"

我们一直在添着柴火

可谁也没出去看看
外面的雪下得有多厚

# 春 光

从屋里出来,我
常常到田间去
前妻曾叫我娶一个乡下老婆
朴实的健壮的
可少女们都去了外乡
我只好跟母狗调情
几个农民正用粪汤浇菜
我看不到他们的苦
就像他们看不到我的苦一样
我们谈论着天气和收成
春光中飘荡着
谦和的臭

## 不事劳作的农民，间或一个游荡者

多么早啊，天还没有亮
父亲就到地里种豆子
动作娴熟
脸上自在而安详
就像种过多少茬庄稼的土地
对于我出现在他面前
一点也不惊讶，正如当初
我离家时他平静地说
"玩够了，总是要回家的！"
父亲，这个被禁锢在土地上的囚犯
用佝偻而沉默的身影回答我
"自由不过是
对自由的渴望与幻想。"
我和父亲平行地走着
我不再抱怨青春遭到践踏
也不再怀有仇恨

我就是他播下去的种子

痛苦地翻身、挣扎，并破土而出

## 入 夜

其实一切都不像你诗歌中咏唱的那样
房子没有生出翅膀
种子也自然没有跳出来说话
只是兄弟们身上的知识
坚决地从田地里剔除了出去
就像一颗石子被扔出好远
妻子的乳房让沾着泥巴的孩子拽得很长
为什么不把他们赶到干瘪的稻壳里去
兄弟们啊,其实最危险的是劳动之后的心情
怀着喜悦,也怀着愤恨
即使入夜,即使周围的一切都安静下来

## 田 园

我的田园是这般荒凉
雾霭上升于地面
逡巡在田园的周围
像厮守恋人那样
我站在田园上

我的田园必归之于
群山，或下陷为一段河床
我安然伫立
如一位轻薄女子
受孕在秋日的午后

# 父 亲

父亲在我们的诅咒声中死去
那时,梧桐树下
姐姐正与她的情人偷情
她沉浸在淫荡的情爱中
而我一直在烈日下奔走
我的耳畔只有蝉鸣
父亲已经死去
遭到儿女们诅咒的父亲不再生还
剥落的树皮砸向了姐姐的头顶
而我成了白色日光中的一粒黑虫
那树皮,那蝉鸣,
那绵绵无尽的情爱与白光——
父亲啊

## 谁家没有几门穷亲戚

太阳没出来我就到了
一直蹲在草垛后面
你说谁家没有几门穷亲戚
这话可真好,虽说是穷帮穷
可我真不好意思再上门了
上次我问你家借了两升黄豆
想磨几板豆腐卖
只可惜叫驴子全偷吃光了,结果
那驴日的也撑死了
你看我这次就没骑驴,我是走着来的
太阳没出来我就到了
一直蹲在你家草垛后面呢
记得上次驴子到你家一点不老实
它死了也好,死了就不再啃你家的树皮了
前些日子我老婆跑了
丢下两个孩子一声没吭就不见了
我不知跟谁跑的,她肚子里还有一个

我待她不错,戒了酒
也不再赌了,可她一个屁没放就没了
你看出来了,我很难受
比她死了还要难受
你说这有什么办法呢,两个孩子还不懂事
等他们一成年就撒手不管了
想去哪儿就去哪儿吧
可他们现在还小,比家雀子还小
我得把他们喂大

## 啄，母鸡在啄，一直在狠命地啄

地面上的积雪
有二尺多厚
尘埃也因此变得
洁净
一只母鸡
在啄着什么
她在啄，在啄着什么
母鸡抬头望天
嘴角上挂着
细碎的雪花
这个季节
麦粒和青虫
不会在冰雪之下
无人知晓
它们究竟去了哪里

踟蹰的母鸡

听到了谁的声音
"你何不飞起来,
用你的翅膀飞走。"
她环顾左右
停止了啄食
"不止一千个家伙
告诉过我,
但我从不被想象
欺骗。"
"那你生了翅膀,
有什么用处?"
母鸡被激怒了
"去你妈的,
你这样嘲笑我。"
那个声音不停地
在周围回旋
"谁也没有资格
嘲笑谁,
我只是想说,
没尝试并不等于
没希望。"

每次都在不远处

落下

已经飞了一千次的母鸡

终于

气喘吁吁停下来

像竞技场上的失败者

她低头在啄

狠命地啄

她不去想

下一次可笑的飞行

她只是狠命地啄

啄，狠命地啄

她在啄着

最羞耻的心事

# 晨 景

过了小河就是菜地
河上的桥
其实是两根木桩
菜地里挂着
紫色的茄子
像刚刚吹起来的气球
翘角的芸豆
扁扁的,绿绿的
当然还有辣椒
不远处有人
正从河里挑水朝菜地走
河底的虾子
已经醒来
等着孩子们中午去垂钓
早晨的雾气还未散去
看上去像越来越浓

## 溪流与平原

我是否愿意结束这一天的光景

是否愿意享有黑夜

我的孤独的平原

因为简单才如此纯洁

才这般空旷无边吗

我的幸福和苦难

就跟我所属的白天和黑夜一样多

它们分布在我身体两侧

让我辗转难眠

平原上的树木啊

它们的前景

绝非是茂叶和繁枝

谁能比一棵树的愿望更朴实

谁能像蚕丝一样来抽空它

作为被邀请者

你同溪流一起穿过我的平原

我看见孤独

以孤独的方式
逃走

## 新媳妇

娘家是打渔的
而婆家只有那头黄牛最值钱
她没想到将来
要一口气生下四个女儿
老父亲会被洪水冲走
黄牛到集上换了钱
懒惰的丈夫瘦成鱼干样
最终去信了耶稣

## 雨后的事情

先是四个人,后来
又多了几个
他们一律站在路边
路面被雨水冲刷得很干净
他们抽着烟,说着打牌的事
烟很轻,随即就散掉了
稻田是绿色的
远处的树林也绿得发黑
他们谈起了姑娘
他们希望有一个漂亮姑娘
从远处走过来
而且身上湿淋淋的
大家都想对她说点什么
他们在想,该对她说点什么好呢
正如他们所希望的
就看见姑娘
真的从远处走了过来

## 小光的夏天

一直躺在河边
昏睡
头顶上是杨树林
要是醒了
就再回到河里
泡一下
上了岸继续睡
不去管河里的鱼
游到哪里
更不去管
有没有女人
从水里冒出来

# 清　明

从村里出来

到父母的坟地

大家坐着水泥船去

这安眠之地可真好啊

麦苗青青

油菜花开

只是纯粹的思念

哀伤已深埋于心

坐船返回时

有人把手伸到水里

似鸭子游过

后来在河堤上折了柳条

编草帽，做柳哨

大家都很快活

父母活着的时候

会对客人说

到了这里就要好好玩

现在他们仍然这样说

就像煦暖的风

吹在脸上

## 夜读的水鸟

午夜，我踱步
到村后的池塘
那是在读书疲倦时
芦苇丛中的水鸟
用尖嘴叩击水面
就像我叩击纸张上的文字
但是一天之中
根本读不了多少
母亲常常这样说我
带了一箩筐的书
看你什么时候读完
我也发愁，秋天快到了
难道只想收获
一箩筐的荒芜

## 山石谣

山石裸露着脊背

却把头部深埋

如一只蹲伏的绵羊

谁也赶不动它

它抵御山洪

与风霜的刮食

它在一点点削弱

几乎看不见

细小的颗粒远走

变成生长且埋葬

人们的可怜的泥土

山石呈现的

唯独那逐渐削弱的光滑

## 你的美是钻石

在我的家乡
还是生产队的时候
一个农村姑娘
开荒时刨到了
一颗钻石
鸡蛋一样大
从此她的故事
广为流传
正如你好奇的
那颗钻石
已到了我手上
我把它深埋于地下
从此你的美
唯我独享

## 暑 气

暑气渐渐上升,稻田中
不时有气泡冒出
河里的鱼不知好歹
突然跳出水面
以为会更凉快些
聪明的水牛却闷在粪池里
只露出两只角
而天生愚蠢的人们
更不愿暴露在阳光下
统统逃回到屋里
就连坟墓里的
也朝更深的地方去了

## 老光棍和美人鱼

我们在水中亲吻,然后上岸
你的身上湿漉漉的
还挂着水草
星星点点的是浮萍
村里的人们
都好奇地站在路边
"快来看啊,
老光棍娶回了条美人鱼"
我也感慨,在外浪荡多年
终于回家了
你不必羞怯,想想
准备对我的老父亲说点什么

# 小县城

小县城很小
中间一条主干道
几条巷子向两边分开去
小县城的轮廓很像"非"字
因为两边有更多的巷子
所以它应该更像
一副人体骨架
真是要命
小县城的人们——
这群黑头的蚂蚁
没日没夜地
啃噬那些无味的骨头

## 水果姑娘

多么新鲜啊
像十三四岁的小姑娘
带着腼腆的土腥气
先到的自然受到重视
连季节都赶不上趟了

哪晓得城里人的胃口有多大
她们滚滚而来
可再没有谁的运气会更好
一进城就回不去了
最终成了廉价的老妓女

想起家乡可爱的小鸟
曾经多么厌恶它们
生怕被啄破了脸
呵,母亲的枝条上
那轻微的颤动

## 你不曾把我的沉睡唤醒

父亲终日的怨气

如墙根下的苔藓,绿宝石

一样冰凉

晾衣绳上是母亲刚洗的衣服

几乎要贴着地面

她埋怨没有人帮忙

把压得很低的铁丝抬高一些

我一直在东边的房间里沉睡

你无声地来到窗前

看着我蜷曲似一个婴儿

其实我的心情

就像一条蛇

突然侵占了屋檐下的麻雀窝

你不敢触摸那寒气

到底是谁在折磨谁呀

你悄悄走出了庭院

沿着小巷那条石板路一直走下去

## 养蜂人卢振华

我走到哪儿
花就开到哪儿
从南向北
每到一个地方
总少不了
白酒和女人
我还养狗
名字叫"卢振华"

## 一定是那顶旧草帽泄露了他的家底

陌生的中年男人
站在教室门口
黑红的脸膛
还有那一口被烟熏黄了的牙齿
你在找你的孩子吗
请说出他的名字
二十四年前的苏式桌椅
依然笨重
但已被磨得更光滑
也更为明亮
学生们都看着你
还笑出了声
一定是你头上的旧草帽
泄露了他的家底
看他正深埋着头
已羞愧难当

## 在春天

我来浇灌这块麦地
因为亲切
我浸湿的双手早已通红
田野很静
仅有几只飞鸟掠过田头
远处的杨树林枝条发黑
像没有褪尽的夜色
记得堂妹曾在那里
捡起毛毛虫似的杨花
吓唬我
并且说过一些话
我能对她表达什么
我所有的想法都是多余的
我应该倾注于我的田地
且怀有信任
我应该让目光也生长
让流水的祝福也带给堂妹

一如堂妹接受她的将来

感激人们未曾醒来

未曾来到这个清冷的早晨

当一个没有经验的青年农民

劳动的时候

谁也未曾打扰他

## 想起早年写的一个短篇小说

稿子已经没有了
蓝黑墨水写的
情节大致还记得
说的是一个油漆工
下了班,家里没吃的
一直坐到晚上
他脱光衣服
浑身刷满了黑漆
然后朝大街上走去

至今,漆黑的他
还饿着肚子
一直走在
无尽的长夜里

## 在回乡的客车上

没想到,很多年以后
他们在回乡的客车上相见
他是一个远房的亲戚
年轻时差点成了亲
这些年同在一个小县城
竟没遇到过
好像各自去了很远的地方
他的妻子已去世多年
她也从不幸的婚姻解脱出来
现在都在外地
帮着子女带孩子
他到柳塘就下了车
没有互留电话
更别说死后再约了
她望着窗外,远处田野上
孤零零一棵树
上面的叶子已掉光

她还要到山上去,看看父母的坟修得怎样了。

## 这一天,我把手头的活都停下来

就像我养育多年的女儿,
今天要出嫁了,
尽管脸上不在乎,
细心的人仍看到了我不安的眼神,
自然有不舍,
但更像是忧虑她的将来。
这一天,我把手头的活都停下了,
只为一件事,
决定把藏在心里的话写下来。

## 老姐妹

有一天院子里来了一个
比母亲还要老的老人
她反复问母亲还认识她吗
母亲一直摇头
她就说我是你老姐姐呀
接着提起了很早以前的事情
比如她们曾经玩过抓石子的游戏
母亲终于想起来
她的确有一个
小时候一起玩的本家姐姐
母亲经常输给她洋钱
当时我姥爷是乡里有名望的中医
家里的钱随便母亲怎么花
在母亲十岁左右的光景
姥爷带着一家人离开了原来的村庄
母亲仔细辨认眼前这位老姐姐
还原了她童年时依稀的模样

让母亲感到惊讶的是

老姐姐嫁的也不远

她们住的地方相隔不过七八里路

六十多年来

她们竟然没碰到过一次

更让母亲惊奇的是

她们就像乡间的野草

这么多年竟然都还坚韧地活着

虽然现在已近枯死

要不是这次老姐姐找上门来

她们恐怕这辈子再也不会相见了

她们聊了很长的时间

老姐姐终于说明了来意

她的儿子做生意缺一笔钱

她是来借钱的

母亲表示很内疚

她已不再是那个富有的孩子

只有几百块钱拿得出来

老姐姐知道这钱离那个数字太遥远

饭也没吃就走了

这是那天她们见面的情景

母亲说给我们听了

后来有一天我哥哥告诉母亲
他因为办事恰巧路过老姐姐的村庄
顺便问了一下
村里人证实真有老姐姐这个人
她也的确有个儿子
不过她儿子前两年做生意失败
死在了外面
母亲听后对哥哥说
等她死了以后要给她多烧些纸
她要借给老姐姐一大笔钱

实际上母亲什么都没说
只是像临死前那样轻轻地叹了口气

## 我喜欢夜晚到田间去

夜晚我来到田间

肩上习惯扛着一把农具

给地里的庄稼

浇水、拔草或是松土

不管有没有月光

我都看得清楚

有时坐下来

倾听地里生长的声音

小动物在身边穿梭

还不时地嘀咕

这可真是个怪人啊

我反讥说傻子才在白天干活呢

黎明时分怪人回到家里

跟月亮一样

我喜欢白天美美地

睡上一觉

## 我的南方兄弟

一

我的南方兄弟,你虽远在他乡
但我仍能感觉到你无畏的生长
还记得我们在一起的时光吗
你在朋友们中间沉默不语
深陷在沉默里的你就像黝黑的树枝
已悄然覆盖了我们
生活问题首先是勇气问题
可是,我们面对的永远只是自己
假如谁也说服不了谁
那好吧,拍拍屁股各自上路吧
你的身影渐渐远去
留下了我们,用无知温暖自己

二

父亲年轻时就是村里最好的猎手
那杆猎枪为他赢来了爱情和好名声
看他经常背着猎物
从小镇的街道上走过
谁都愿意跟他打一声招呼
那时他的朋友满街都是
可是一场疾病袭击了他
被洗劫一空的父亲像村庄一样安静
该走的都走了
没走的就注定这样留下来
贫困以及贫困所带来的不安
还有这群孩子，带着小兽般的表情
告诉你们，生活往往是这样
企求得越多得到的就越少
我们的父亲——一个好猎手
两手空空地说

三

因为房租关系，我的南方兄弟

不得不再三搬迁

心爱的姑娘你都看到了，生活

有时只是我们必须羞愧的一个理由

在越来越狭窄的空间里

我们更要去学会爱和贞洁

不谙世事的姑娘，站在你面前的

只是一个来自南方的乡村猎手

看他操起那杆锈迹很重的猎枪

将枪口对准这个世界

单纯的姑娘，让我们

在越来越猛烈的高潮中

学会爱这世界

爱你的和你所爱的姑娘

统统都到夜晚的广场上来吧

你们要知道爱是多么广大

抛弃彼此间的仇恨

就像丢掉一件旧时装那么容易


四


南方的雨季是一桩心事

姐姐们的童年早已发了霉

未来被小心地放置在梦中
而梦则盛开在乡村贫穷的夜晚
奶奶的房间只有二姐还住在里面
面色苍白的二姐以为
奶奶只是去了一个很远的地方
有时也回来，跟孙女说一阵悄悄话
清晨姐姐们照例去渡口乘船上学
可是谁也没发现，二姐已倒在了路边
那天天气很好，大家都很高兴
谁也没注意二姐落在了后面
二姐悄悄地躺在了去渡口的路上
周围的青草，沾满了水珠

## 五

当房东老太在窗口下哀悼已经死去的猫
当采茶的母亲抬起头来看着远处
当姐姐们的孩子围在外婆家的饭桌前
当他们空洞的饥饿在傍晚的光线中纷飞
当疯狂的姑娘都做了忠实的妻子
当奶奶缠着小脚梦呓般的踏着芬芳而来
当朋友们在匆忙的人流中谁也认不出谁

当年老的父亲摊开宽厚又温存的手掌说
"我最大的愿望是……"
当街上的工人爬到天上撤换掉过时的广告牌
当死去的二姐在黑暗的地方微笑
我的南方兄弟,你
像一束火焰在挥舞着自己

## 六

我的南方兄弟,
生活该赐予我们的都赐予了
我们仅有的错误
只是轻易饶恕了自己的罪行
我的南方兄弟,有时
那些最远的事物我们都无从逃脱
我的南方兄弟,
忧伤的人们用无谓的忧伤对望
平庸的人们以平庸的想象完成一生
幸运的以及不幸的人们
因为你们如此相似
才遭致彼此的厌恶
我的忧郁的南方兄弟,

你怀着绝望的心情付诸这世界
就像劳累一生的农民付诸他的田地
我的孑然一身的南方兄弟,
情人们的眼泪浇灌了你富饶的身体
你犁铧般的目光在昭示她们发暗的魂灵
我的瘦弱的南方兄弟,
你的来自南方的面孔尖锐而又生动
像是雨水清洗过的天空

辑 四

## 忧伤不值半文钱

## 肉　铺

从小镇出来
过了水闸再朝前走
一直通到村子
杂沓的脚印
使路面更加泥泞
但现在只有你一个人
雨水像饿虫一样撕咬着
树上光秃秃的枝条
在抽打着天空
是这样吗
你始终在跟自己搏斗
其实多么脆弱啊
你只是那脚下的烂泥
只是深陷烂泥中的衰草
甚至比衰草都不如
你屏住被踩踏的气息回到家
黑暗中你躺下

眼睛发出悲鸣
就像白日镇上肉铺里
那冰冷的反光

## 凌晨四点的树

比鸟儿醒得还要早
比露珠来得还要快
你像一个游荡远乡的人
困倦地靠在我身旁
面对你的忧伤
真不知怎么劝说你
我们用沉默对话
让我的枝叶抚摸你
让你看见我
那刻画于身上的寂静
宛如石子投于内心
还有那收容一切的坚忍
直至枯死

## 南国的眼泪

陌生的红土
更为陌生的人群
凉茶、啤酒、热带水果
就像异族女人
带来新鲜的感受
却最终被热浪冲走
这里并没有神奇的故事
更没有意外的结局
只剩下空洞的彼此安慰
"一切都是徒劳！"
远离家乡的北方男人
站在南国的红土上
街道两边榕树的根须
是他忧伤的胡子
芭蕉树上滴落的雾水
化作他思念的眼泪

## 黑夜之歌

黑暗中,我们躺下
她① 睡在中间
哭泣声渐小并一同进入睡梦
她一生下来就很古怪
斜着双眼,怅然地看看又闭上
第一口乳汁怎么也吸不动
此刻,我和妻子正躺在她身边
像已收拢的翅膀
她最喜欢的食物竟是白开水
她的前世定是生在富贵人家
还不时发出一两声叹息
如经世累劫的老人
她对世界的认知多么缓慢
比人类的进化都要慢

---

① 她,即作者女儿朱禹惜,生于 2009 年 6 月 17 日,出生后即被诊断患有唐氏综合征。

透过更深的夜色，那双翅膀

只是一个庸俗的比喻

其实我们并不相连

黏稠的夜色把我们坚定地分开

虚无的羽毛也更清晰地呈现

相对于成人对她的指点、耻笑

只能说，他们自有道理

更让人忧心的是

那些天真的孩子

阻止不了对她的好奇

"她怎么长得像个妖怪？"

这最真实的声音意味着

她将从他们中间消失

愁怨和诅咒隐于我们体内

或被更广大的黑暗吸收

她眼角上的泪水

朝眉间凹陷处流淌

像是离散多年的家人

羞怯地相聚

黑暗中，我捉住她的脚踝

怕她突然不见

我们要把她养大

能养多大就养多大
并祈祷我们定要死在她的后面
至于谁来给我们收尸
那自有上天来安排

## 力量的源泉

女儿看到我离开
哭了起来
跟往常一样,我对她说
爸爸去上班
接着反问她:上班干什么?
她的小手攥成拳头
打着手势说"挣钱!"
我又问道,挣钱给谁花?
"惜惜!"
真棒,我亲了她一口
就下楼了
心里想,为了她
我可以像狗一样活着

## 深 爱

中午,在
脑科医院边上的面馆
你坐在我跟孩子的对面
微笑着
和我们说着话
你说好喜欢我的女儿呀
因为父亲去世
丈夫怀疑你
可能得了抑郁症
让你来看看医生

多么美啊
你如此深爱着你的父亲

## 栖霞寺

就像回到父母身边

突然间

满眼的泪水

四岁的女儿

也来了

我体内唯一的纯真

这么多年

没有流失

殿堂上

我不祈愿

只在内心诉说

在外的行迹

和悲苦

檐角上

涌动的枝条

一直在倾听

就像在

逝去的亲人中间

# 梦 见

老人撑着伞

等待小女孩走过去

田埂上

留有蹒跚的脚印

细小的雨珠

打湿了女孩的睫毛

她的眼睛多么迷人

老人叮嘱

孩子小心点

她的笑容多么慈祥

麦苗青青

空气松软

## 惜惜的歌声

哒、哒、哒

哒——哒——哒——

单调的歌词

同样单调的旋律

惜惜唱歌时皱着眉头

还时不时抬起头

惜惜的歌声

从房间里传了出来

直冲夜晚的星空

那里才是她的故乡

惜惜来到

这个怪异的星球

已经四年多了

不得不接受这里的语言、饮食

还有数不尽的体现着这个星球文明的东西

如果学不会的话

将被视作白痴

惜惜学得很慢

她的歌声表达了她内心的想法

惜惜的歌声

孤独

忧伤

## 耻　辱

他们为什么用这么奇怪的目光盯着我
我身上没有被侮辱者刻骨的仇恨
更没有杀戮者淋漓的鲜血
他们为什么用如此惊恐的目光盯着我
难道是因为遗失多年的纯真和善良暴露在外
假如这也成为我的耻辱
那背负它吧
直至死亡的那一刻

## 客人来了

喜鹊叫,
客人到,
屋里屋外,
真热闹。

猫儿跑,
狗儿跳,
边喝酒来,
边说笑。

客人醉,
主人倒,
呼哈呼哈,
睡大觉。

## 忧伤不值半文钱

我走了很远的路
从残破的城门穿过
在一个富贵人家
兜售我的经历和见闻
主人的女儿
坐在树下喂猫
身边的丫鬟是我妹妹
但她已不认识我
夜晚我睡在城外的草垛里
怀抱星空

## 外星人

为什么在我
最虚弱的时候看到了你
是我邀请你来的吗
你突然降临
真让我有些慌张
可你的眼神并不躲闪
你是来拯救我的吗
瞧吧，我已经累坏了
听到我叹息的声音了吧
带我走吧
离开这藏污纳垢的尘世
你的纯洁与神奇
俘虏了我
我早已成了你的奴隶

## 再见，我的小板凳

惜惜学会了说"再见"
跟兔子玩完
说一声"兔兔，再见"

路过游乐场
她曾在那里玩耍
说一声"摩尔，再见"

吃过晚饭，抹抹嘴
她说"小板凳，再见"
临睡前，她也会

跟夜晚说再见
然后返回她的星球
第二天早上回来

## 泥瓦匠的孩子

"我也有过一个孩子,
是个男孩,
十岁那年淹死了。"

泥瓦匠跟我谈起
多年前的事,
脸上平静,远离了悲伤。

"每次我都把他砌进墙里,
抹上水泥,一遍又一遍,
这样就看不到他的脸了。"

## 告　别

从一个地方搬到
另一个地方
丢掉了旧衣服和旧家具
甚至摆脱了肮脏的情绪
他们不明白我为什么喜欢
站在护城河边发呆
其实他们也并非不友好
只是表面关切的眼神
而鄙夷深藏其中，让我觉得厌恶
有好事者甚至演绎谁家的房子有鬼怪
导致了这落魄人家的厄运
终于摆脱了那一切
该扔的都扔掉了
其实新地方我也未必真喜欢
我在街上麻木地走着
这里的人们看上去谦和
但实际上目光凌厉，并透着隐忍的邪恶

与先前的人们毫无二致
远处的青山上裸露的岩石
也像张人脸
一到夜晚，隐没的山影开始
向我召唤

## 心 声

雨一直在下
我要带女儿去一个地方
盯着街上的水洼
我心里想
快点停下来吧
当我骑车上路,雨
不但没停下来
反而更大了
雨水打在我的脸上
我咒骂着坏天气
女儿对我说
因为有比我们
更需要雨水的人
所以它还在下

# 错　误

重复了一千遍的事情
还需要再说吗
再不吃饭
把你的牙齿敲掉
惜惜捂住了嘴巴
再把穿好的袜子脱下藏起来
把你的双脚砍掉
惜惜把腿缩了回去
当发现那双袜子还在我手里
我对惜惜说
你砍掉爸爸的双手吧
惜惜说:"不要!"

## 屋檐上的水珠

微明的天光
感觉不是傍晚而更像早上
母亲在锅屋里烧火
潮湿的麦穰冒出了浓烟
似糨糊一般
在湿热的上空不愿散去

屋檐上的水珠洞悉一切
母亲被烟熏得咳嗽起来
还流出了眼泪
她朝屋外看去
被雨打湿的芦花鸡躲在树下
耷拉着翅膀,露出了它的穷酸相
他们交换悲哀的眼神
"这样的日子什么时候是个头啊……"

## 请为我吹奏一曲

瞎眼的儿子吹着笙
年老的母亲走在前面
他们移动得很慢
比墙头的影子还要慢
乐声徘徊在巷口
是在召唤我吗
请到我的屋里来
我要给你们一笔钱
这不是施舍
我快要死了
请为我吹奏一曲
正如人们常说的那样
在路上,有笙歌为伴
走得不是太孤单

## 前 世

我习惯沿着河边,
去我的田地。
那哗哗的水声,
让我想起过去的时光。
笼罩于迷途的困顿,
像枝繁叶茂的家族,
欢畅的激情,绝望的疯狂,
比亲兄弟还亲,
比夫妻还要恩爱。
那纷繁,那喧闹,
犹如前世,
映照此刻明亮的河水
与灿烂的庄稼。

# 护城河

童家的白痴儿子站在护城河边
河水散发出腐烂的味道
这里少有人来
除了几个捞鱼虫的老头
可是在老头们之前
春天最先来到了这里
淤泥上的青草微微点头
河水也静静地不说话
他帮老人捞鱼虫
没有奖赏,但是感到了快乐
水泥桥上人来人往
妈妈或者兄妹没有在桥头出现
(爸爸从来没有出现过)
昨晚爸妈又吵架
熄了灯还有很大的动静
桥头上没人喊他的名字
他不必硬着头皮回家

他满足地坐下来
开始与夕阳下静止的河水
窃窃私语

## 海岛上

细雨唤醒了黎明。寺庙
晕黄的灯光倾斜着
透过绿皮的橘子,看见远处
教堂的三角形屋顶

海岛在下沉
谁也没有察觉

结渔网的母蜘蛛不知疲倦
而丈夫正跟足疗店的狐狸说笑
树上的露天广播扮成了海螺
传播陆地上的国家新闻

海岛在下沉
谁也没有察觉

身上的鳞片像海底的银币一样

闪着幽光
藏于腋下的腮散发着咸腥味
随时回到海里去，回到痛苦的深渊

海岛在下沉
谁也没有察觉

## 白化病患者

患有白化病的女人
从僻静的小巷走出来
站在喧闹的街口
卖着当天的晚报

她瑟缩在小小的身体内
沉默不语
刚刚染黑的头发
像一片乌云挥之不去

她只是想多卖出一份报纸
只是想不要惊吓着买主
她的糟糕的脾气
却因此变得更坏

晚报上的新闻
还重重地压在她手上

她自身的消息
还隐匿在她微暗的体内

华灯已初上,她也许真的
不希望报纸那么早就卖完
这个轻声甫临的傍晚
等着她的出现

# 家

多么简陋
风破四壁
味道也很怪
别担心
我的宝贝
只要在这儿
住上一晚
每个角落
充满我们的气息
这就是家啊

## 妈 妈

那个白化病少年
快到学校门口时
突然被一条狗追赶
他哭喊着"妈妈妈妈"
看见我,就一头扑到了我怀里
我抱紧他,对冲过来的小狗说
"快找你的妈妈去"
小狗很听话,乖乖地
找它的妈妈去了

## 吉普赛女人

一辆电动车,两个孩子
你带着她们满城跑
衣服、水和食物挂在车上
看你多像吉普赛女人啊

谁想得到,你是
两个脑瘫孩子的母亲
她们是天生的舞蹈家
一刻也停不下来

你的手掌是温暖的帐篷
给她们按摩完
你还要绣十字绣,你让针线
更深地刺痛你的皮肤

总觉得时间不够,只好
把死后的都拿来用了

# 菩 萨

村子后面重修了座庙,
我去那里拜了拜,
失明多日的母亲突然看见了。
没过几天,
却又添了新病,
早年的头痛症又犯了。
她说有无数只蚂蚁
在她后脑勺爬,疼痛难忍。
我不信佛,所以没去再拜菩萨。
我安慰母亲说,如果菩萨
让你在这两个病中选一个,
你选哪个?话一出口,
我就知道自己错了,我不该
以菩萨的名义,
给母亲出这道难题。

## 忆及九年前暮春的一个傍晚

晚饭前,我来到了
公交站台
这是暮春的一个傍晚
煨好的排骨汤
在饭桌上
我要接你的妈妈回家
树上的嫩叶悄悄地问我
怎样做一个父亲
你准备好了吗
在昏黄的光线中
就看见你的妈妈——
我怀孕的妻子
我称她为骄傲的母鸡
下了车,微笑着向我走来
那笨拙的样子
真是美极了

辑五

下山

# 镜　子

你从河岸上走过
一次次地走过
像是反复擦拭一面镜子
水里的倒影
捕捉你的每一步行踪
身后的微尘和冲动
以及犯下的或大或小的罪
都沉入河底
化为淤泥的黝黑与静谧
连同光线

## 夜晚是斑马身上的黑色条纹

你说,夜晚是一个放荡的妓女
你曾在她身上肆意挥霍

你说,夜晚是一条腐臭的河流
你曾无奈地漂泊其上

你说,夜晚是一位慈爱的母亲
你曾偎依在她怀里大声哭泣

你从不说,夜晚是斑马身上的黑色条纹
你害怕它从体内冲出来

消失在草原上

## 周末爬山

城市边上当然要有座山
这是难能可贵的
周末纷纷放下手头的事情
相约去爬山
保持身体健康，是最根本的
气候适宜，阳光明媚
出一身臭汗
把体内的浊气都排出来
下了山冲个澡再惬意不过，然后
作恶的继续作恶
淫乱的继续淫乱
这几乎成了一种仪式
所以一到周末，就看见
越来越多的人朝山上涌

## 你为什么来到桥上

你上了桥
桥下兵营里
士兵们操练的声音
清晰可闻
如果年轻，你可能
会去当兵
现在不可能了
所有的东西
都沦为一种日常
更多的人还有车辆上了桥
从你身边经过
此时高架上的地铁
正在转弯
划出一道圆弧
你会不会觉得
那还是一种美

## 去深夜

失眠的人走出家门
开始丈量黑夜

小吃店的中年夫妇
忙碌着，炉火正舔着锅底

盲人按摩师下了班
走在回家的路上

天桥下的流浪汉蜷缩成
一个圆，只等好梦降临

几个醉鬼倚靠在午夜门口
空酒瓶从夜的那边

滚了过来

## 滚吧，灰尘

奇怪的外乡人站在风中
像一块破布，可疑的眼神
随风躲闪

你说西北风是从你家乡刮来的
你要闻闻里面有没有
父母的气味

谁会相信你呢
就连叫个不停的狗都认出来
你是个小偷

这里干净得没有一粒灰尘
快滚吧，让冷风带你到
思乡的地方去

## 暮 年

身体成了被采空的煤区
在不断地塌陷

疾病像童年时的玩伴纷纷回来了
欢声笑语,一刻也不停

只剩下最后一口气了
却难以下咽

一把荒草,期待远逝的父母
来点燃

## 腌菜的秘密

从洗菜、放盐
再到揉搓、码放
母亲教会了我怎么腌菜
以前都是她亲手做
突然有一年她让我来腌
开始我以为
她怕手艺失传
真是可笑
贫穷年代的简单吃法
哪谈得上什么手艺
母亲的手粗糙、丑陋
有的骨节已经凸起、变形
甘苦和荣辱从指间流过
这样一双手
腌渍的菜我们很喜欢吃
突然有一年她却不腌了
我忍不住问她

她平静地说
摸过死人的手
不能再腌菜了
不然腌的菜会烂掉
母亲曾用这双手
埋葬了她的父母

母亲以她空余的双手
怀念远逝的双亲

## 理发的表姐写诗挣钱了

我和小庄
走进他表姐的理发室
之前我们在路上
谈到了诗歌
班上的一个女生
因为迷恋写诗的班长
得了抑郁症
紧皱的眉头是她沉湎的诗行
小庄说他表姐也写诗
挣了十二块钱
我说比我半个月的伙食费都要多
表姐很快给我理好了头发
透过镜子
看到了表姐的样子
因为羞怯
我没有和表姐说话
我感觉诗歌就藏在她的身体里面

处女一样神圣
而现在——
二十多年后
诗歌早已成了妓女
不光是诗歌
其他统统都是

## 一副完整的人体骨架

"这可是花了大价钱的,
火化出人形骨灰。"
亲人如是说。
棺材里的逝者,
只留一副骨架,
一副完整的人体骨架,
上面光秃秃的,
什么都没有。
没有了肉。没有了音容。
没有了光荣和耻辱。

## 乌青和六回

看郑家两兄弟
在外面搭伙做生意
没挣到什么钱
身体瘦瘦的
也没讨到媳妇
两个都没有
邻居们看着兄弟俩
又上路了
行囊鼓鼓的
听说他们去外乡
播撒种子
风雨为家

# 归 宿

犹如一道光,照亮我黯淡的身体
我有多卑微,你就有多美好

我的龌龊的心还没有完全呈现出来
"也许是你过得太压抑了,放松一些!"

你是一切美好的事物
在彼此厌弃的人群中

我祝福你有好的归宿
我的灰烬埋葬那炽烈的火焰

## 橘树的荣耀

不知不觉
我们已来到一片坡地上
这是你家的橘树地
虽然看不到橘树
却仍然感觉到累累的果实
垂挂于心
谈话仍继续并在橘树间闪烁
比如这橘树
只有长出果子来
才让人放心
这是它的荣耀
顺手摘了一个橘子
在手里凉凉的
你怎么知道果实里没有愤怒
剥开来,橘子的清香
在黑暗中弥漫
当然有,但最终会消隐

颓败的结局谁也不能避免
就像眼前的夜
你我都要消失其中
但现在可以当作一杯酒
让我们慢慢啜饮

## 朝我微暗的内心奔涌而来

我多么想离去
离你去更远的地方
那里有溪流、村庄
偶尔遗落牛粪的土路
我装作无所事事
目光触及之处,你却在
萎然的草影中晃动
我并不善于隐藏自身
去摒弃那全然的危险
远处的山泉
朝我微暗的内心
奔涌而来
就像风雨不再摧毁花朵
我不再攫取你的
美丽与善良

# 信 使

美丽的姑娘啊
我是你古老的信使
穿过淙淙的水流
给你传递美好的消息
你的家人一切安好
你的爱情从此圆满

# 慢

昨天下午
先是碰到老李开着车
从总统府边上的巷子拐出来
"这是要去哪儿，
慢一点啊！"
接着又看到了
刚去高家酒馆上班的老刘
在兰园七楼
老韩正在跟文字作斗争
经过和平公园
老方打坐等着退休
沿着城墙走
恰逢老顾在玄武湖边散步
屁股后面插着扬子晚报
像他脱了毛的翅膀
平时太忙了
没机会与你们相见

这次一路走来
跟你们打声招呼
并请传授我经验
"一定要慢啊!"
要目光柔和的慢
要步履从容的慢
像孕妇一样骄傲
像天空一样充盈

## 耕 种

我不再是个农民
可手里的笔
比锄头还要笨拙
在我憎恶的田地里
耕种自己潦草
且荒芜的一生
就像每年糟糕的收成
已被我预言

## 在朋友们中间

开始是几个人
一起说笑、喝茶
后来分散各处的朋友都来了
只是出现在谈话里
他们的目光
安然如街边的树丛
远方的经历多么奇妙啊
就像不屈的灯光
打在脸上
你一直在倾听,并深陷其中
那积郁已久的心事
已悄然化为无形

# 家 乡

你真不应该回来
虽然你的技艺没话说
可这里的人们
几乎都把你忘记
你不符合他们的想象
你的样子甚至
玷污了家乡的凄凉
你还是走吧
走到哪儿算哪儿
走不动了
就在那儿死去

## 孤　独

就像每天夜晚回家，必然
经过自己空余的墓穴

## 石 头

对不起,母亲
人生过半我才明白
我们欣喜播下去种子
收获的却是石头
你被疾病抽空了的身体
装满了石头
困乏潦倒的弟兄
吞咽的依然是石头
我绝望而流不出泪的眼睛
也成了石头
就连这世人的心啊
都是石头
冰冷隔绝着冰冷
邪恶洞穿着邪恶

# 我头顶着床垫从大街上走过

绷棕床垫在我头上顶着
从小巷里出来
走上大街
倔强的脑袋被更倔强的床垫压着
路过的人们纷纷驻足观看
瞧这个家伙
头上顶着破旧的床垫
像是天空的一块补丁
他比扛着梯子穿过集市的父亲
还要愚蠢
如果那是块太阳能板
还可以发电
给自己补充能量
再比如要是只巨型风筝
把这个古怪的人拽到天上去
与沿着梯子爬到天上去的父亲会合
路过的人们其实并没有看

那只是我的想象

他们行色匆匆

谁也懒得理谁

如果在看,那也只是在嘲笑我

多像一只老鼠

拖着一片枯树叶

从一个蹩脚的地方

搬到另一个蹩脚的地方

去过冬

## 空洞的夜晚

深夜,楼梯口,黑色的两个人,
装扮成蝙蝠,在互相撕咬,
压抑着粗重的喘气声。
昏黄的灯光下,
暗黑的身影更逼近真实。
凶狠地撞击,伏在
水泥台阶上的四肢那么用力,
甚至要抓出血来。
看上去他们不是在交媾,
更像是合谋要把楼房
推倒。窥视的人没有快感,
在闷热的午夜看到了这一幕,
只感到羞耻,
就像多年前来到这个城市,
一直被凌辱至今。

## 你陶醉的样子

我们无话不谈
忘记你悲伤的过去
听我唱歌
你陶醉的样子
是春日午后的微风
在山坡上驻留

# 快

我见过最快的人
在地铁关门的一刹那
那个人"嗖"地
就上来了
但是很遗憾
他的尾巴还是被门夹掉了

不过没关系,第二天早上
它还会长出来

# 月 食

他为人猥琐，甚至
有些卑劣
他可能觉得
我也是这样的人
我们很少搭话
今晚看他在院子里
架起了三脚架
在拍天上的月食
当然我也拍了
用的是手机
我们谈了谈月食，甚至
还饶有兴致地探讨了
宇宙的奥秘

# 在桥头

几个老人
在桥头闲坐着
说着比石头还要老的话
也有路人
从桥上经过
想着河水才知道的心事
卖旧鞋的人出摊了
据说里面有死人的鞋子
买的人也不介意
直接穿在脚上
他要把死者没走完的路
继续走下去
喝酒的女人坐在桥栏上
半露着乳房
等着流浪的少年
来问路
并爱上她

# 第五尾金鱼

前四尾没什么可说的
都死了
扔到垃圾袋
只剩下了最后一尾
在椭圆形的玻璃鱼缸里
孤单地游来游去
当然也无非是
必死的结局
就像邻居老太有一天悄然死了
也并不愕然
生活之所
即是死亡之地

## 蟑　螂

一身笔挺油亮的咖啡色西服
定是从你衣橱里偷来的
它飘逸的领带
自然来自你的脖子

可恶的敌人，想尽办法
让它一招毙命
只是作为对手，你从未想过自己
也是一只蟑螂

## 铁路道口

火车开过来了
呼啸而过的声音
像身体里冲出来的一头怪兽
车上有时装着货物
有时也装着人
他们疲倦的表情被限制在
铁窗内,有时车上
什么都没有
道口两边的行人望着
空荡荡的列车
他们缓慢而空无的一生,一瞬间
被拖走了

## 桂花树

有一年,我在
一个叫武学园的地方住下来
院子里有棵桂花树
妻子说,等到秋天桂花就开了

每天下午我去幼儿园接孩子
然后等妻子下班
晚饭后在附近走一走
秋天没到,我们却搬离了那地方

至今,桂花树的香气
还一直在我脑子里

# 下　山

我喜欢一个人爬山
从后山上
昨夜的雨化为山泉
蚯蚓一样
脚下的枯叶
犹如往事
被踩得滋滋响
下山的时候
有几个村民拦住我
看有没有
偷山上的竹笋
我身上空无一物
他们不知道
我就是山中的竹子
已悠然下山去